虞姬

翻令垓下悲

項羽記籍有美人虞常幸從軍敗垓下夜聞四面皆楚歌王乃歌云力拔山兮氣蓋世時不利兮騅不逝騅不逝兮可奈何虞兮虞兮奈若何姬和云漢兵已畧地四面楚歌聲大王意氣盡賤妾何聊生一說此乃後人所作非姬和也王泣數行下謂曰善事漢王姬答曰妾聞忠臣不事二君貞婦不事二夫請先君死遂自刎墓草能舞人呼爲虞美人草

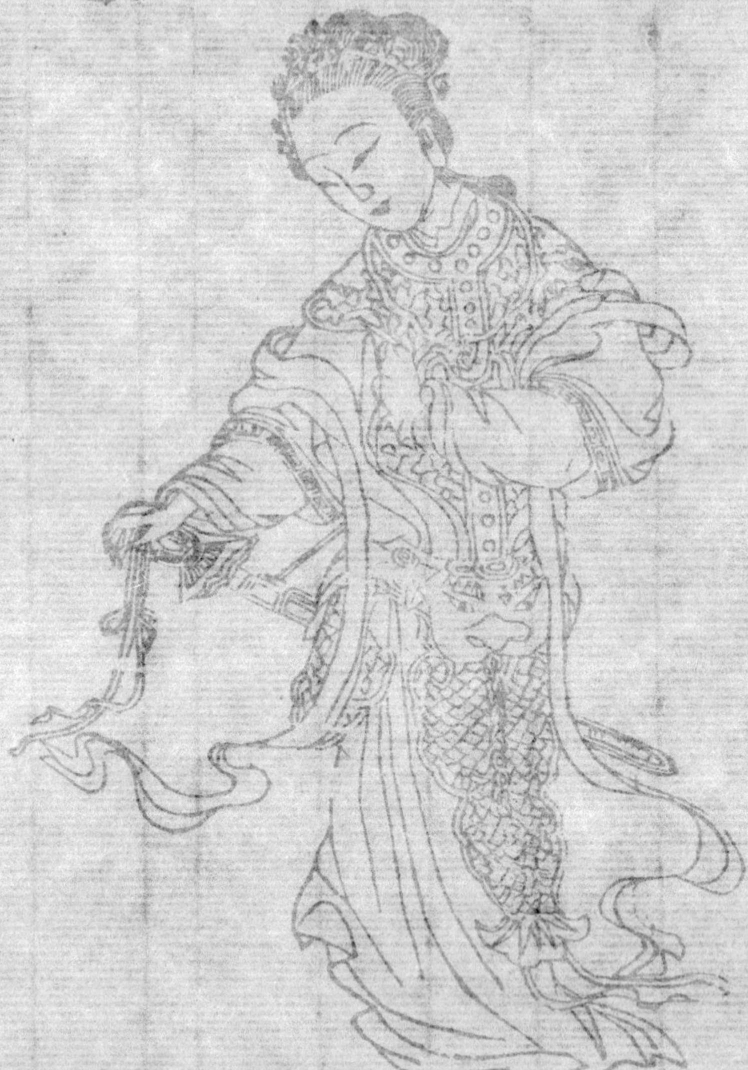

吳志周瑜從孫策破皖城得喬公兩女皆國色也策自納大喬瑜納小喬江表傳策從容戲瑜曰喬公二女雖流離得吾二人作壻亦足爲歡明方正學題二喬觀書圖詩云深閨睡起讀兵書窈窕丰姿若個如千古周南風化本晚涼何不誦關雎

百美新詠

圖傳四十九

喬公兩女

吳志周瑜從孫策攻皖城得喬公兩女皆國色也策自納大喬瑜納小喬江表傳策從容戲瑜曰喬公二女雖流離得吾二人作婿亦足為歡

明方正學題二喬觀書圖詩云深閨一處讀兵書窓下手卷若個知千古周南風化本曉窓何不誦關雎

秦國偕諸姨

秦國夫人

唐書明皇夢十仙子乃製紫雲曲又夢龍女製淩波曲既成按于含元小殿寧王吹玉笛上羯皷貴妃琵琶馬仙期方响李龜年觱栗張野狐箜篌賀懷智拍板自旦至午歡洽異常惟秦國夫人端坐觀之曲罷上戲曰阿蠻樂籍今日幸得供奉夫人請一纒頭秦國夫人曰豈有大唐天子阿姨無錢用耶出三百萬爲犒蘇東坡詩云破費八姨三百萬大唐天子要纒頭

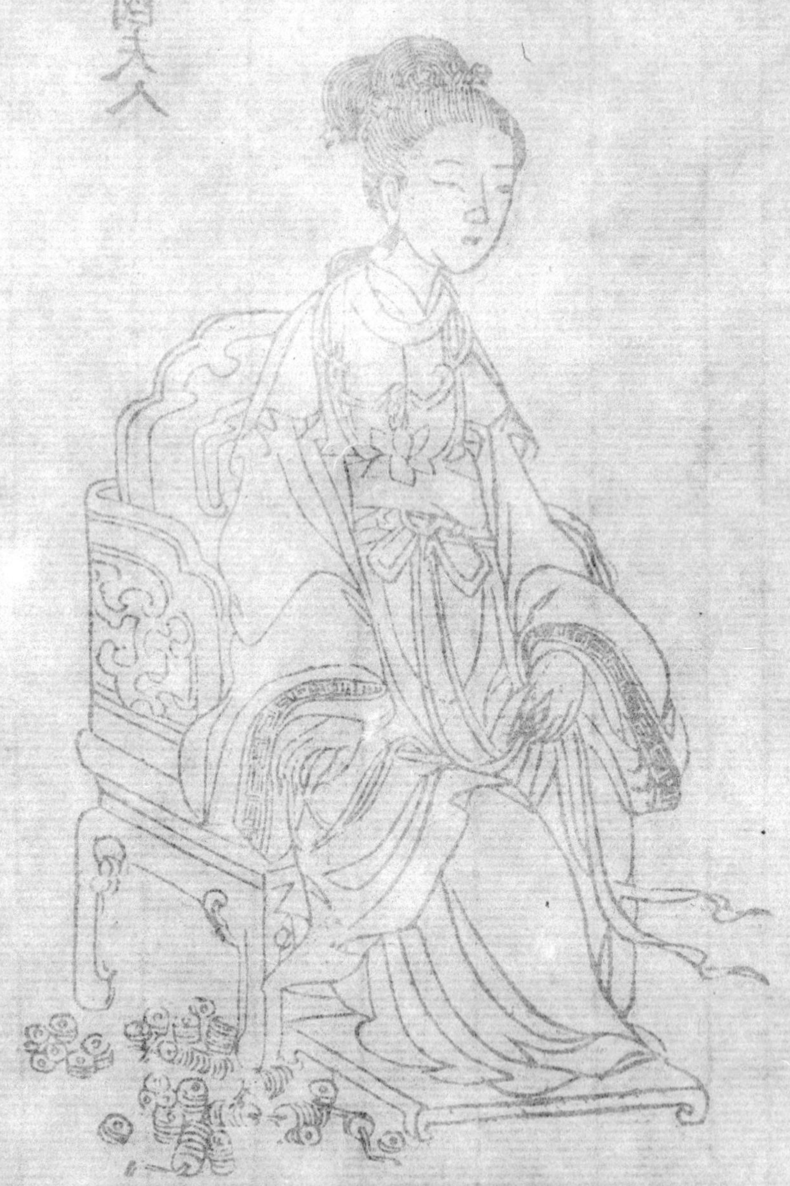

我見猶憐汝

世說桓溫尚明帝女南康公主主兇妒溫平蜀以李勢女爲妾主聞拔刀率婢往欲斫之見李在窗前理髮髮委藉地姿貌端麗徐徐結髮歛手向前曰國破家亡本無心至此若能見殺是所本懷神色閒正辭氣悽婉主乃擲刀抱之曰阿子我見汝猶憐何况老奴遂善遇之一說作李勢妹

王戎婦

卿呼更屬誰

世說王戎婦常呼戎爲卿戎曰婦人卿壻禮爲不敬後勿復爾婦曰親卿愛卿是以卿卿我不卿卿誰當卿卿

世說王安豐婦常卿安豐安豐曰婦人卿婿於禮為不敬後勿復爾婦曰親卿愛卿是以卿卿我不卿卿誰當卿卿

百美新詠　圖傳五十二　卿卿平東園雜

王安豐婦

膩鬟常引蝶

天寶遺事都中名妓楚蓮香者國色無雙每出入則蜂蝶相隨蓋慕其香也

天寶遺事都中名妓楚蓮香者國色無雙出入則蜂蝶相隨蓋慕其香也

百美新詠　圖傳五十三　柳溪書屋藏

楚蓮香

孫壽

齲齒想支頤

後漢書梁冀妻孫壽色美善爲妖態作愁眉啼粧墮馬髻折腰步齲齒笑以爲媚惑桓帝元嘉中京都婦女歙然諸夏皆倣效

後漢書梁冀妻孫壽色美善為妖態作愁眉啼
粧墮馬髻折腰步齲齒笑以為媚惑桓帝元嘉
中京都婦女翕然諸夏皆放效

酆西皓文題

孫壽

樊素

小口櫻桃顆

白樂天詩櫻桃樊素口楊柳小蠻腰註樂天二妾名樊素小蠻樊素善歌小蠻善舞

白樂天詩櫻桃樊素口楊柳小蠻腰樂天二
妾名樊素小蠻樊素善歌小蠻善舞

樊素

小蠻

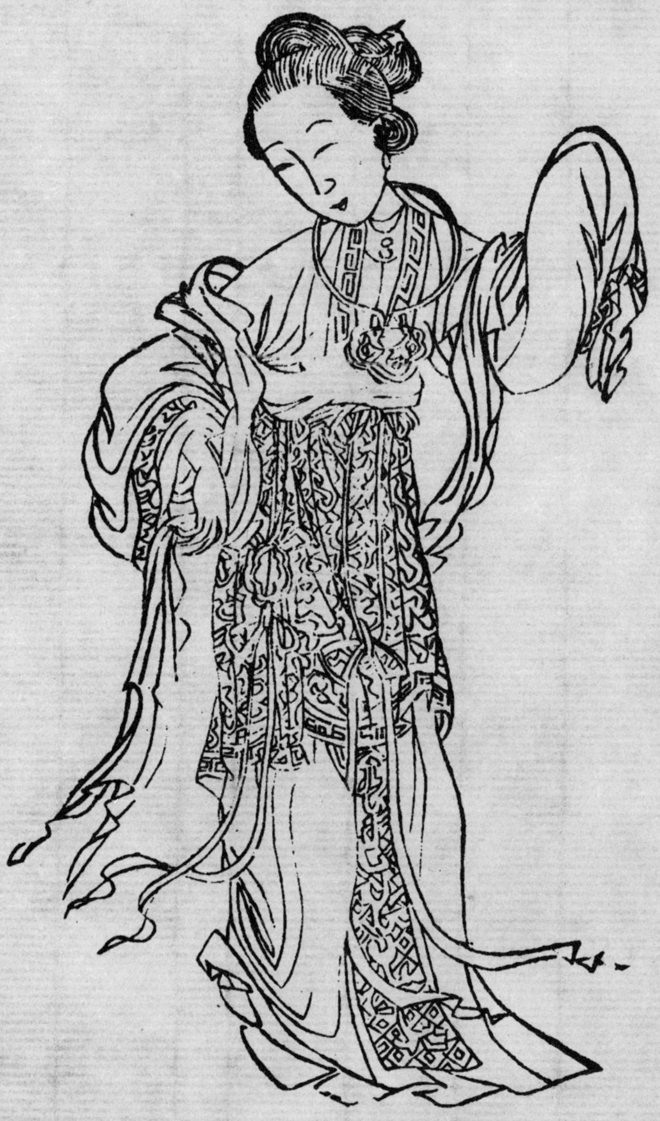

纖腰楊柳絲

見上樊素

小鸞

薛瑤英

舞衣曾怯重

杜陽雜編元載寵姬薛瑤英能詩書善歌舞僊姿玉質肌香體輕雖旋波搖光飛燕綠珠不能過也載以金絲帳却塵褥處之以紅綃衣衣之賈至楊炎雅與載善時得見其歌舞至贈詩云舞怯珠衣重笑疑桃臉開方知漢武帝虛築避風臺炎亦作長歌美之畧曰雪面澹蛾天上女鳳簫鸞翅欲飛去玉釵翹碧步無塵楚腰如柳不勝春

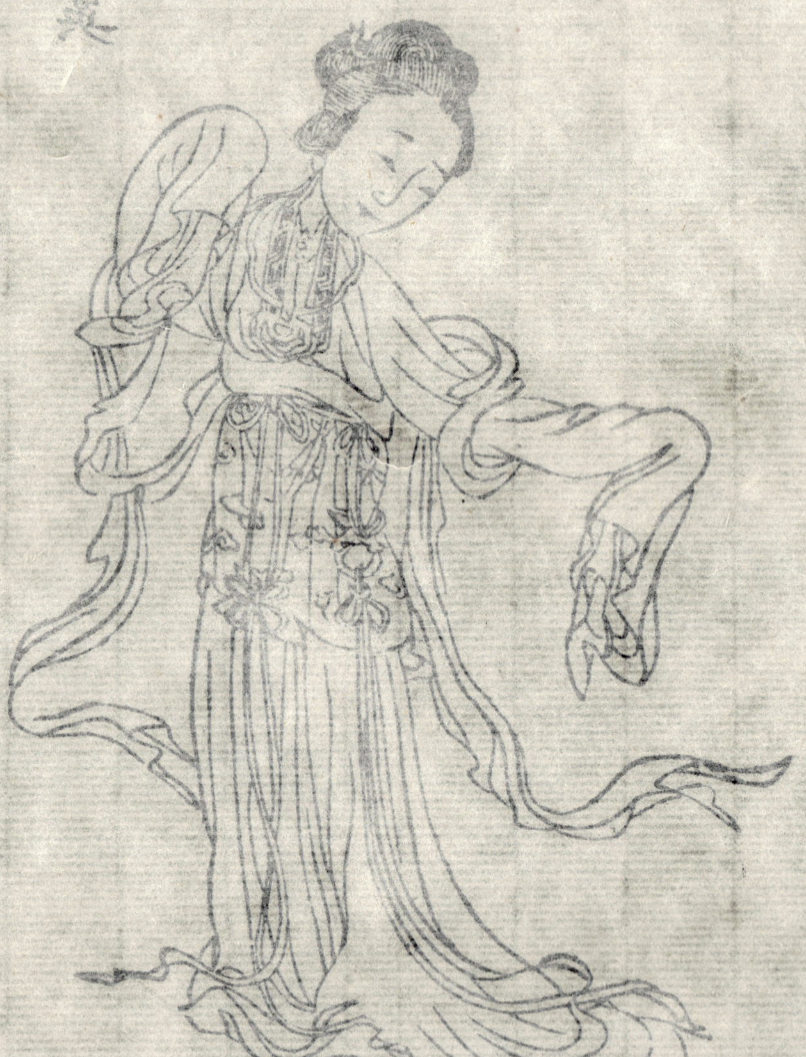

寵姐

歌慢鎮教垂

天寶遺事寧王有樂妓寵姐善歌而色美客莫能見李白醉戲曰王何惜此女示于衆乃設七寶花障召寵姐歌于障後白起謝曰雖不許見面聞聲亦幸矣

天寶遺事寧王有樂妓寵姐善歌而色美客莫
能見李白醉戲曰王何惜此女示于衆乃設七
寶花障召寵姐歌于障後白起謝曰雖不許見
面聞聲亦幸矣

[illegible]

寵姐

瑩娘

圖傳五十九

史爲修蛾撰

潛確類書瑩娘平康妓也玉淨花明尤善梳掠畫眉日作一樣唐斯立戲之曰西蜀有十眉圖汝眉癖若是可作百眉圖更假歲年當率眾同志爲修眉史矣

清異錄瑩娘平康妓也玉淨花明尤善梳掠
畫眉日作一樣唐斯立戲之曰西蜀有十眉圖
汝眉癖若是可作百眉圖更假以歲年當率同
志為修眉史矣

瑩娘

雪兒

才因協律知

世說李密愛姬雪兒善歌舞每見賓客文詞藻麗者即付雪兒協音律歌之

百美新詠　圖傳六十　[illegible]

世說李密妾雲兒善歌舞每見賓客文詞遇古即白雲兒協音律歌之

雲兒

晉書竇滔妻蘇氏名蕙字若蘭善屬文苻堅時滔爲秦州刺史被徙流沙蘇氏思之織錦爲迴文璇圖詩以寄滔宛轉循環讀之詞甚悽惋一說竇滔鎮襄陽攜寵姬趙陽臺徃蘇氏織錦成迴文寄滔情好如初迴文廣八寸五彩相宣凡八百四十字得詩三百餘首

璇璣圖 蔚若

蘇蕙

百美新詠

晉書竇滔妻蘇氏名蕙字若蘭善屬文苻堅時
滔為秦州刺史被徙流沙蘇氏思之織錦為迴
文璇圖詩以贈滔宛轉循環以讀之詞甚淒惋一
說竇滔寵姬趙陽臺蘇氏織錦成
迴文詩滔情好如初迴文廣八寸五彩相宣凡
八百四十字得詩三百餘首

圖傳六十一

[illegible]

蘇蕙

劉采春

全唐詩話劉采春浙人元微之廉問浙東見其所作囉嗊曲贈詩歎賞囉嗊古樓名曲云不喜秦淮水生憎江上船載兒夫壻去經歲又經年借問東園柳枯來得幾年自無枝葉分莫怨太陽偏莫作商人婦金釵當卜錢朝朝江口望錯認幾人船那年離別日只道在桐廬桐廬人不見今得廣州書昨日勝今日今年老去年黃河清有日白髮黑無緣

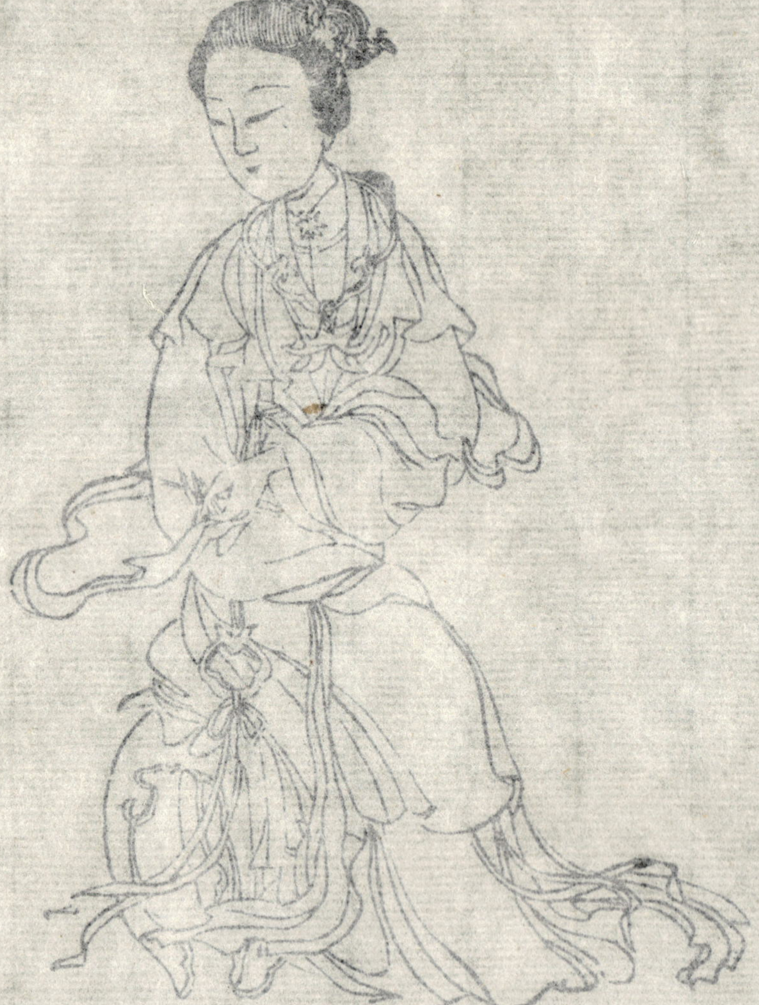

翰墨疇能蔽

姚寬西溪叢話衛夫人名鑠字茂漪即廷尉展之弟恒之從妹汝陰太守李矩之妻中書郎李充之母王逸少師善鍾法能正書入妙能品著筆陣圖袁昂評其書法如插花美女陳維崧集東鄰美女爭傳詠絮之篇西邸佳人競倣簪花之格法書攷王逸少幼學書及年十三學功日進衛夫人一見語太常王策曰此子見用筆訣也必蔽吾書名

姚寬西溪叢語衛夫人名鑠字茂漪即廷尉展之弟恒之從妹汝陰太守李矩之妻中書郎李充之母王逸少師善鍾法能正書入妙能品著筆陣圖袁昂評其書法如插花美女陳雜綵集東辭美女簪傳詠簪之篇西施佳人讀敬贊花之格法書成王逸少幼學書及年十三學功日進衛夫人一見語太常王策曰此子見用筆訣也必成吾書名

百美新詠 圖傳六十三 集腋軒藏板

衛夫人

管夫人

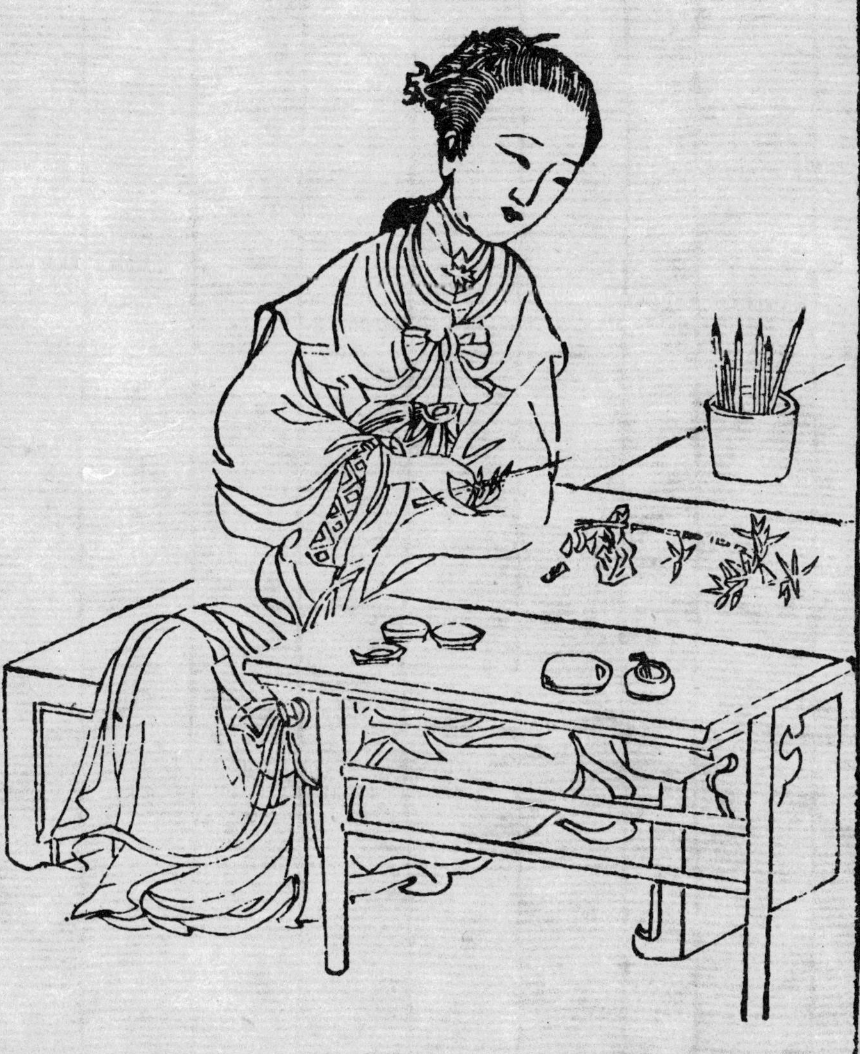

書史會要吾子行題趙松雪夫人管道昇所畫竹石而好嬉子私印倒用跋尾松雪見曰這瞎子道婦人會作畫倒好嬉子耳

書史會要吾子行題趙松雪夫人管道昇所畫
竹石好據子私印圖用跋尾松雪見曰言語
子道婦人會作畫例於據子耳

丹青剛好據

管夫人

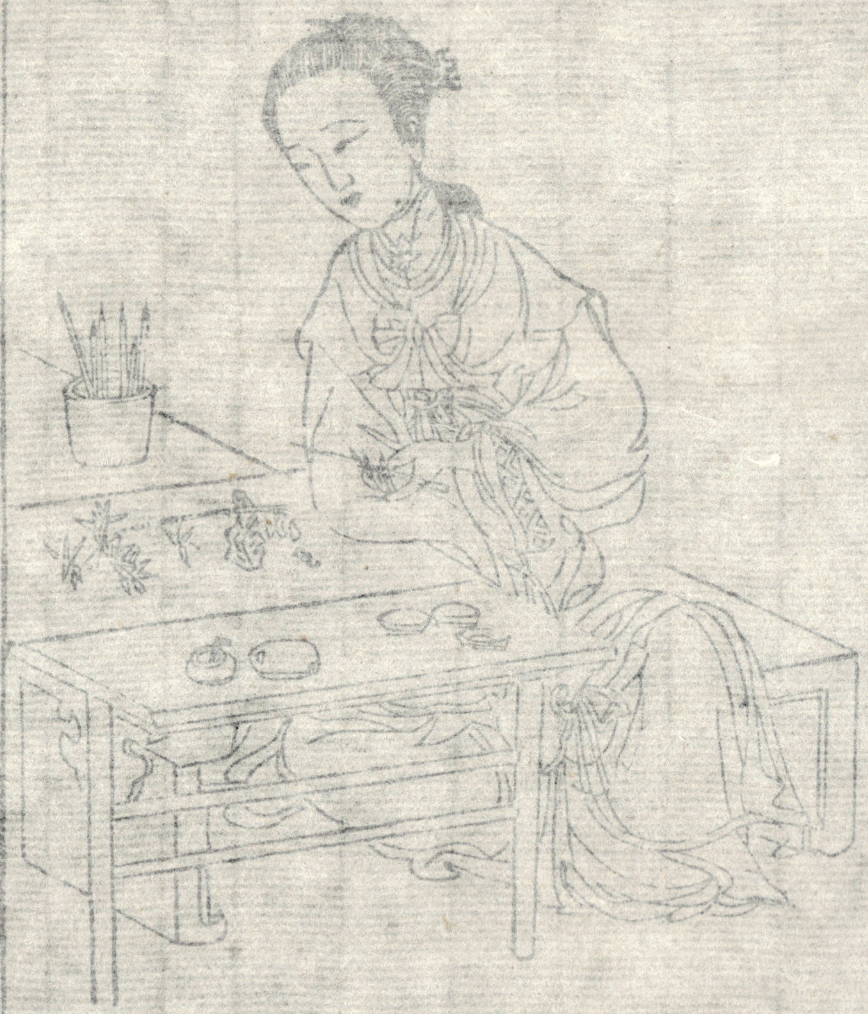

蔡文姬

蔡炎別傳炎字文姬六歲時父邕夜鼓琴絃絕炎聞之曰第二絃邕又故斷一絃問之炎曰第四絃邕曰偶得之耳炎曰吴札觀風知興亡之國師曠吹律識南風不競由此言之何云不知也及長博學才辨善鼓琴漢末兵亂被擄左賢王以爲后感笳之音作歌言志爲離鸞別鵠之操在彼十二年生二子魏武帝憫邕無嗣遣使以金帛贖回嫁爲陳留董祀妻

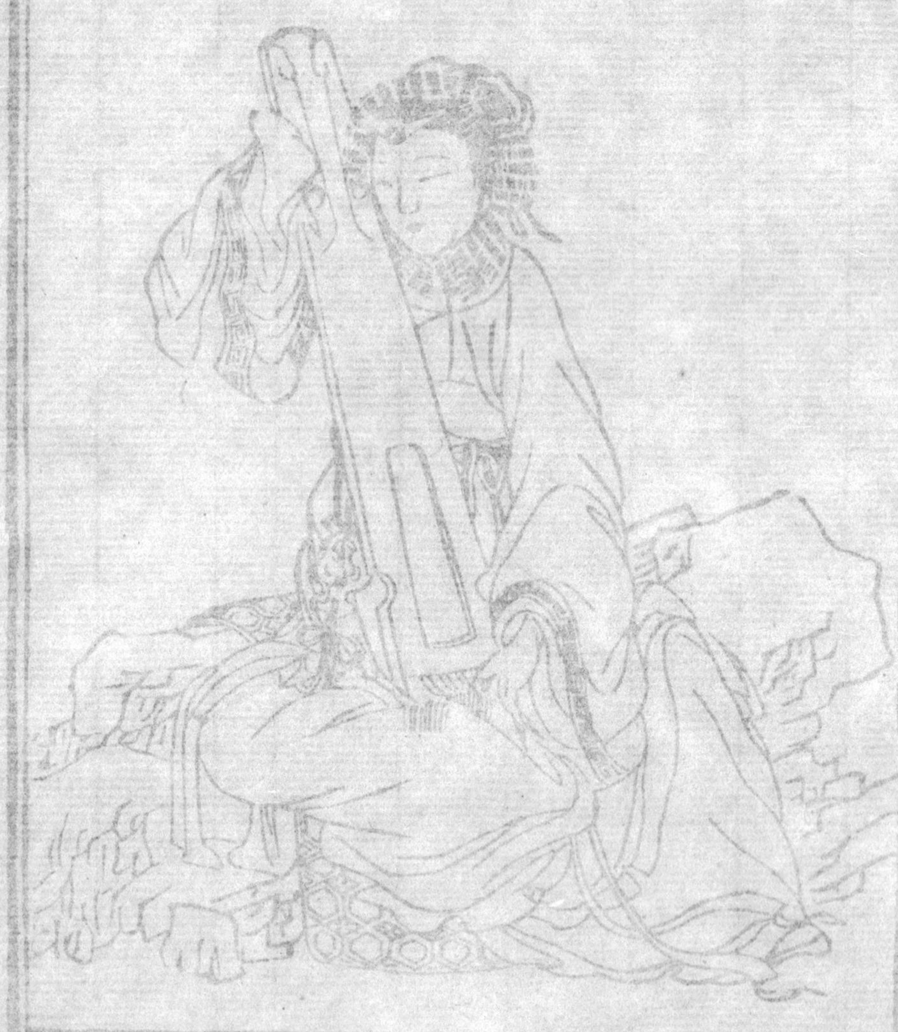

木蘭

木蘭傳木蘭梁時商邱人父病不能從軍爲有司所苦木蘭代父戍邊十二年人不知其爲女也或云姓花父名弧北魏時人有妹曰木難弟曰咬兒木蘭行末段云開我東閣門坐我西閣床脫我戰時袍着我舊時裳當牕理雲鬢對鏡貼花黃出門看火伴火伴始驚惶同行十二年不知木蘭是女郎雄兔脚撲朔雌兔眼迷離兩兔傍地走安能辨我是雄雌

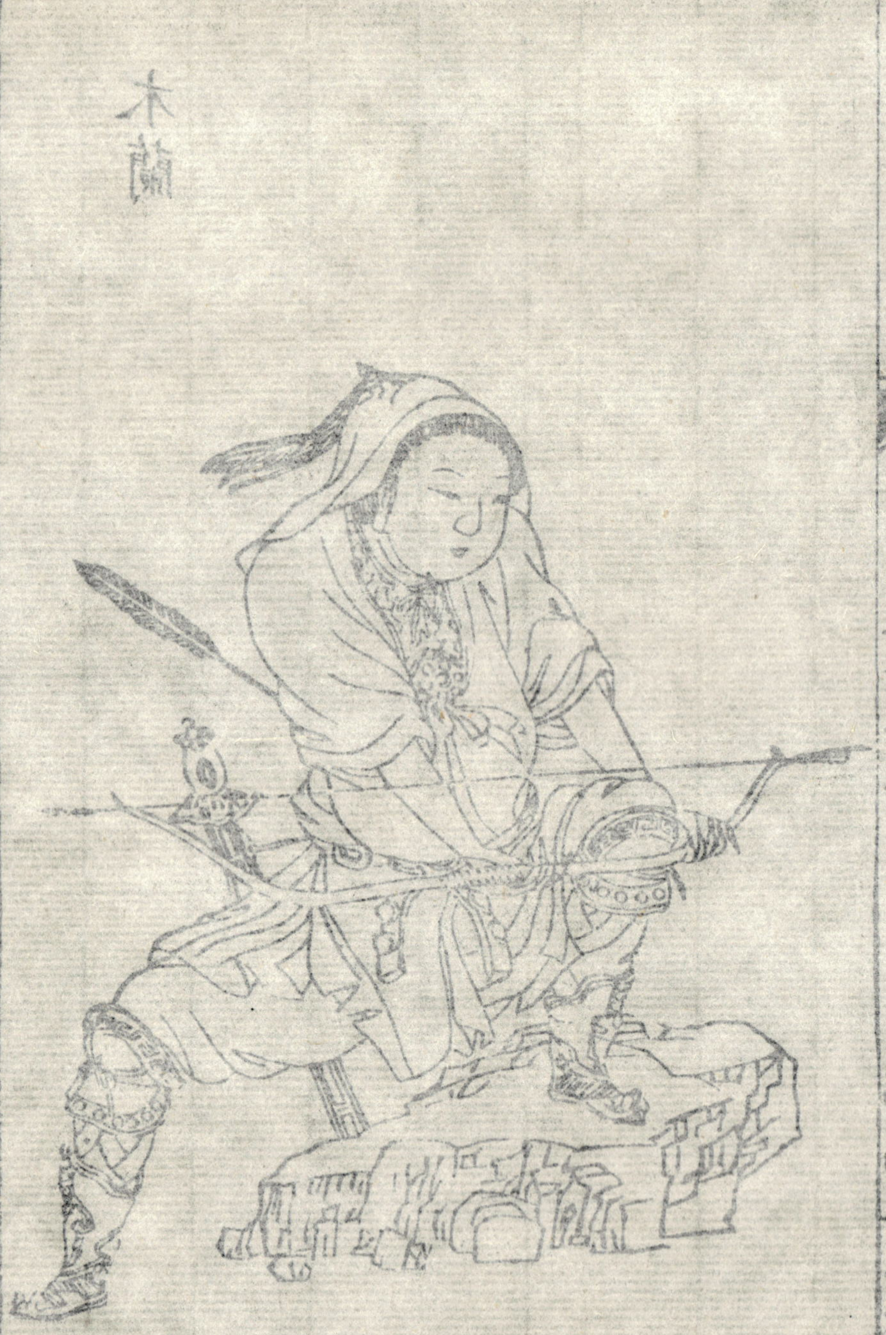

琴操

頓覺參禪悟

泊宅編杭妓琴操善應答東坡善之一日遊西湖戲琴云我作長老爾試參禪問云何謂湖中景琴答云落霞與孤鶩齊飛秋水共長天一色何謂景中人曰金勒馬嘶芳草地玉樓人醉杏花天何謂人中景曰裙拖六幅瀟湘水鬢聳巫山一段雲何謂人中意曰隨他楊學士鼈殺鮑參軍因問如此究竟如何坡云門前冷落車馬稀老大嫁作商人婦琴操大悟即削髮爲尼

泊宅編杭妓琴操善應答東坡善之一日遊西湖戲琴云我作長老爾試參禪問云何謂湖中景琴答云落霞與孤鶩齊飛秋水共長天一色何謂景中人曰金勒馬嘶芳草地玉樓人醉杏花天何謂人中景曰裙拖六幅湘江水鬢挽巫山一段雲何謂人中意曰隨他楊學士鱉殺鮑參軍因問如此究竟如何坡云門前冷落車馬稀老大嫁作商人婦琴大悟即削髮為尼

琴操

張紅紅

樂錄唐妓張紅紅頴悟絶倫歌丐于市韋青納爲姬有樂工自撰歌青召紅紅聽于屏後紅紅乃以小豆數合記其拍樂工歌罷青即令紅紅隔屏歌之一聲不失樂工大驚尋達上聽敬宗召入宮號記曲娘子後聞青卒一慟而絶上嘉歎之贈昭儀

樂錄唐妓張紅紅穎悟絕倫歌于市韋青納
爲姬有樂工自撰歌青召紅紅聽于屏後紅紅
乃以小豆數合記其拍樂工歌罷青即令紅紅
隔屏歌之一聲不失樂工大驚遂達上聽敕宣
召入宮號記曲娘子後聞青卒一慟而絕上嘉
美之贈昭儀

張紅紅

龍門陪乘著

奇女子傳司馬遷侍妾名隨清娛子長遊覽嘗從焉

百美新詠

圖傳九十七

薛濤

詩話薛濤字洪度本長安良家子父鄖因官留寓於蜀濤八九歲知音律即能詩其父一日指井梧曰庭除一古桐聳幹入雲中濤續之曰枝迎南北鳥葉送往來風父愀然後韋皋鎮蜀令侍酒賦詩因入樂籍號爲女校書與諸名士唱和暮年屏居浣花溪著女冠服能造松花紙及深紅小彩箋名於時晚歲居碧雞坊建吟詩樓棲息其上有詩五百首

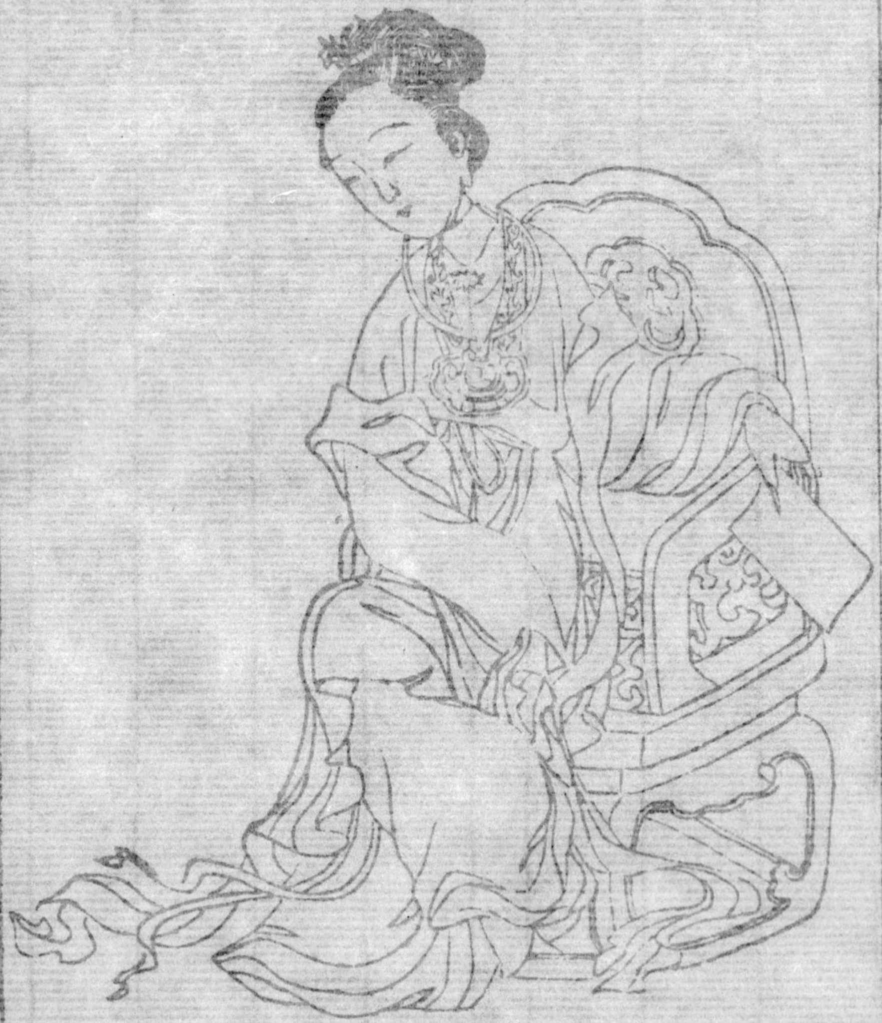

卓文君

越禮從司馬

史記司馬相如素與臨卬令王吉善臨卬富人卓王孫聞令有貴客治具召之是時卓王孫有女文君新寡好音相如以琴心挑之文君竊從戶窺之心悅夜亡奔相如葛洪西京雜記卓文君姣好眉色如望遠山臉際常若芙蓉肌膚柔滑如脂十七而寡爲人放誕風流故悅長卿之才而越禮焉後相如將聘茂陵人女爲妾卓文君作白頭吟以自絕相如乃止

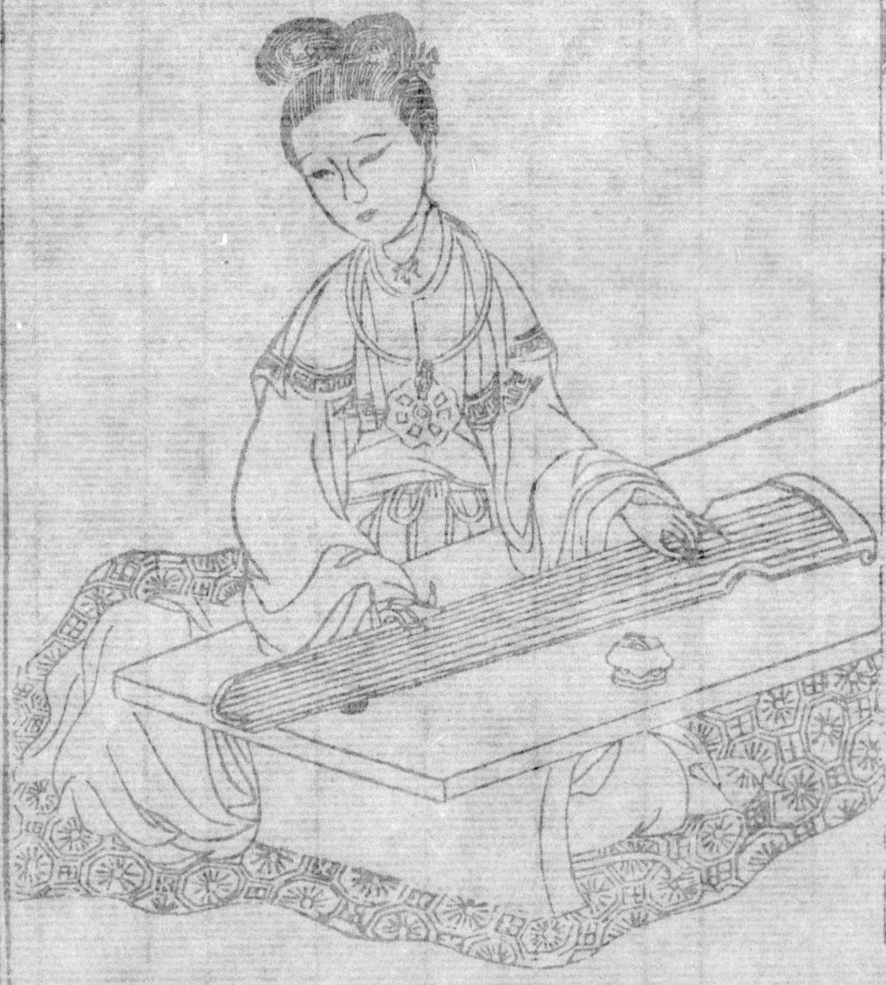

紫雲

古今詩話杜牧之自御史分司洛陽時李愿罷鎮閒居聲妓豪華爲當時第一因會朝士以牧之任風憲不敢邀致牧之諷坐客達李李遽馳書以招牧至瞪目注視問李曰聞有紫雲者孰是李指示之牧復凝睇良久曰名不虛傳宜以見惠李俯而笑諸妓亦皆回首破顏牧自飲三爵朗吟而起曰華堂今日綺筵開誰遣分司御史來忽發狂言驚滿坐兩行紅粉一時回

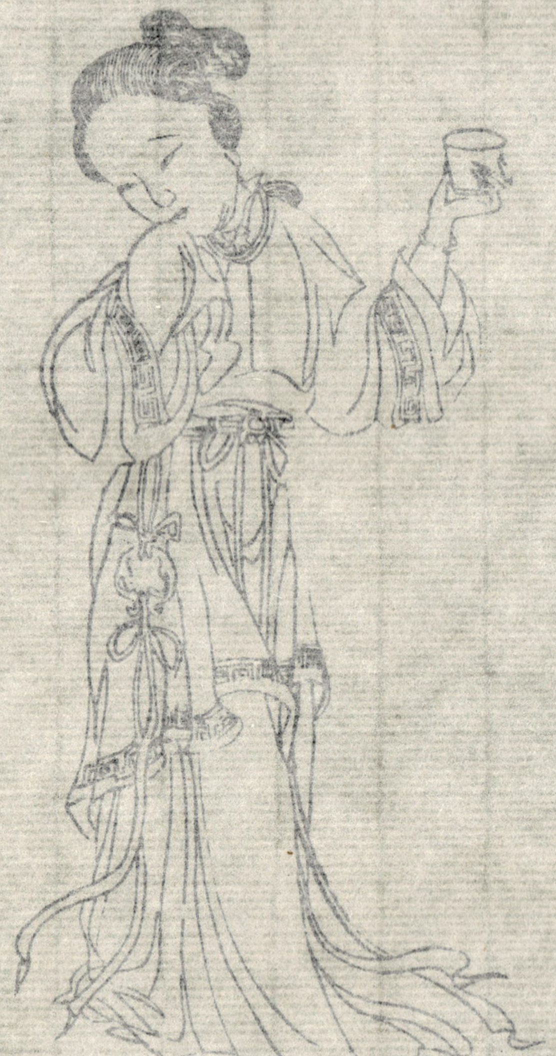

朱淑真

黃昏潛約後

詞話朱淑真錢塘人幼警慧喜讀書所適非偶詞多幽怨宛陵魏端禮輯其詩詞名曰斷腸集有元夕生查子詞云去年元夜時花市燈如晝月上柳梢頭人約黃昏後今年元夜時月與燈依舊不見去年人淚濕春衫袖

朱淑真

詞話朱淑真錢塘人幼警慧善讀書所適非偶
詞多幽怨宛陵魏端禮輯其詩詞名曰斷腸集
有元夕生查子詞云去年元夜時花市燈如晝
月上柳梢頭人約黃昏後今年元夜時月與燈
依舊不見去年人淚濕春衫袖

黃存齋書

桃葉

古渡許迎時

古今樂録王獻之愛妾名桃葉妹曰桃根獻之嘗臨渡作歌以送之曰桃葉復桃葉渡江不用楫但渡無所苦我自來迎接又曰桃葉復桃葉桃葉連桃根後人因名其地曰桃葉渡

百美新詠

圖傳七十四

古今樂錄王獻之愛妾名桃葉妹曰桃根獻之
謌略復作歌以送之曰桃葉復桃葉渡江不用
楫但渡無所苦我自來迎接又曰桃葉復桃葉
桃葉連桃根後人因名其地曰桃葉渡

古[illegible]

桃葉

崔鶯鶯

元微之會眞記崔鶯鶯詩云待月西廂下迎風戶半開拂墻花影動疑是玉人來微之爲贈詩曰殷紅淺碧舊衣裳取次梳頭闇澹妝夜合帶煙籠曉日牡丹經雨泣殘陽依稀似笑還非笑彷彿聞香不是香頻動橫波嬌不語等閒教見小兒郎

元微之會真記崔鶯鶯詩云待月西廂下迎風戶半開拂牆花影動疑是玉人來微之為贈詩曰殷紅淺碧舊衣裳取次梳頭闇淡妝夜合帶煙籠曉日牡丹經雨泣殘陽依稀似笑還非笑彷彿聞香不是香頻動橫波嬌不語等閒教見小兒郎

百美新詠　圖傳七十五　靜月藏書

崔鶯鶯

韓翠蘋

吟紅向水湄

詩話唐僖宗時于祐于御溝拾一紅葉上有詩云流水何太急深宮盡日閒殷勤謝紅葉好去到人間祐亦題一葉云曾聞葉上題紅怨葉上題詩寄阿誰置溝上流爲宮女韓翠蘋所拾後帝放宮女祐托韓泳門館泳以韓氏同姓作伐嫁祐及成禮各于笥中出紅葉相示乃曰事非偶然韓氏笑吟曰一聯佳句隨流水十載幽思縈素懷今日却成鸞鳳友方知紅葉是良媒

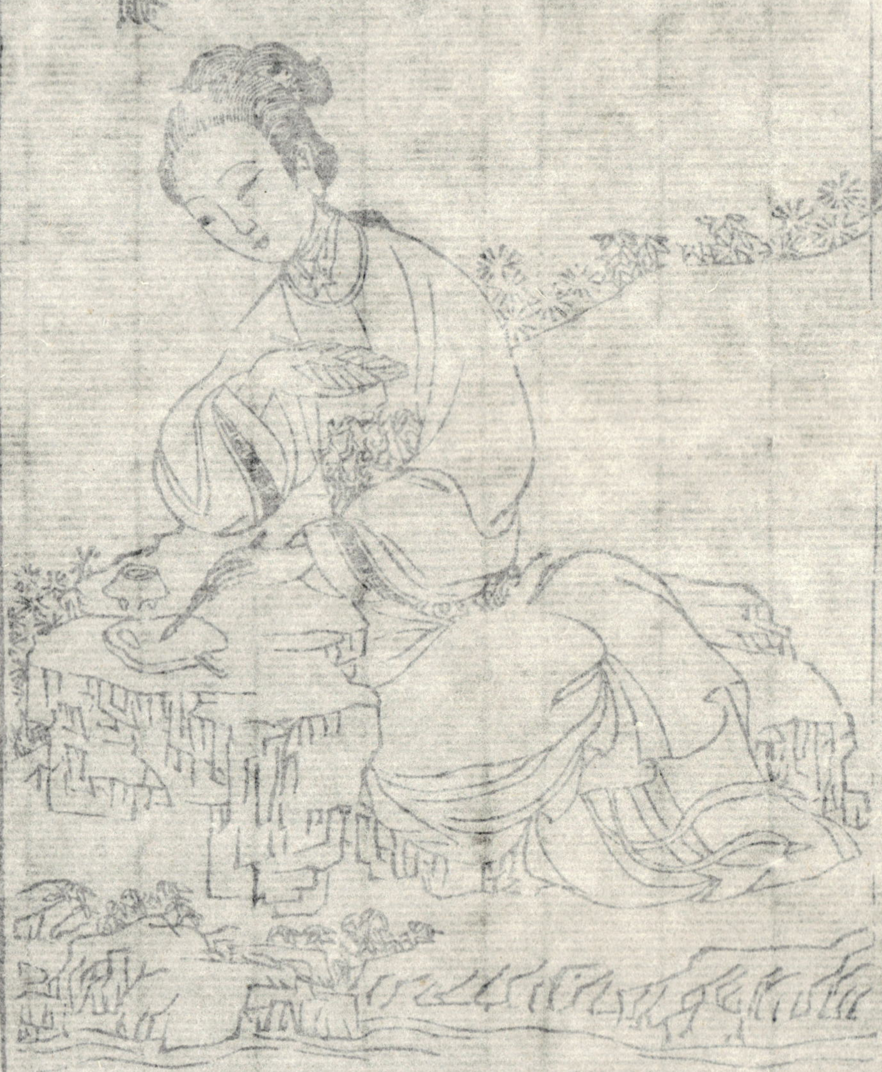

紅拂

執拂去毋遲

紅拂傳李靖微時謁見楊素有一妓執紅拂侍側目靖久之靖歸逆旅夜有紫衣帶帽者扣門而入脫去衣帽乃一美人曰妾楊家紅拂妓也閱天下人多矣未有如公者絲蘿願托喬木耳李靖遂與之俱適太原

紅拂傳李靖謁見楊素有一妓執紅拂侍側目靖久之靖歸逆旅夜有紫衣帽者扣門而入脫去衣帽乃一美人曰妾楊家紅拂妓也閱天下人多矣未有如公者絲蘿願託喬木耳李靖遂與之俱適太原

百美新詠

圖傳七十八

[illegible]

葉小鸞

審飛盧云犯

明葉天寥名紹袁吳江人妻沈氏宛君能詩女昭齊紈紈蕙綢小紈瓊章小鸞俱韶秀工吟咏庭闈唱和有午夢堂集行世瓊章尤娟美敏慧年十七未婚而卒天寥續窈聞記泐菴大師陳隋宿德歷千餘年現女人身能以佛法行冥事乙亥家延鑾馭師至余問亡女小鸞師云月府侍書女也住緱山仙府懇召魂來歸師發使女至云願從師授記師云凡授戒者必先審戒我當一一審汝汝仙

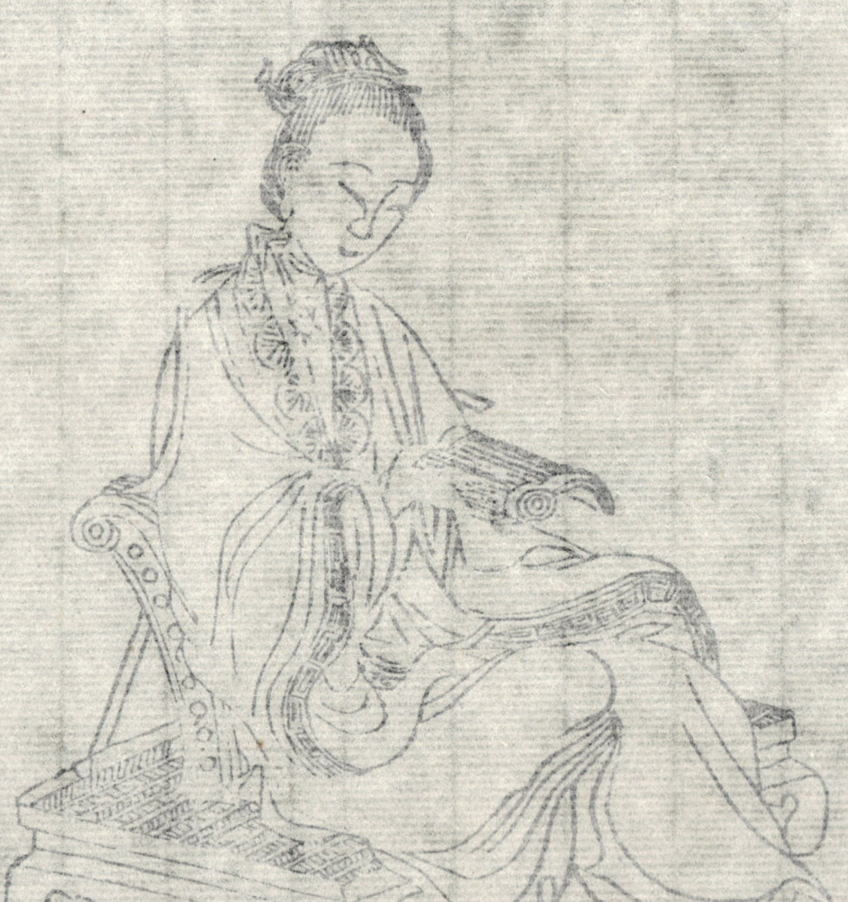

子曾犯殺否女對云犯師問如何女云曾呼小玉除花虱也遣輕紈壞蝶衣曾犯盜否女云犯不知新綠誰家樹怪底清聲何處簫曾犯淫否女云犯晚鏡偷窺眉曲曲春裙親繡鳥雙雙師又審四口惡業問曾妄言否女云犯自謂前生懽喜地詭云今坐辯才天曾綺語否女云犯團香製就夫人字鏤雪裝成幼婦詞曾兩舌否女云犯對月意添愁喜句拈花評出短長謠曾惡

口否女云犯生怕簾開譏燕子爲憐花謝罵東風又審意三惡業曾犯貪否女云犯經營湘帙成千軸辛苦鶯花滿一庭曾犯嗔否女云犯怪他道蘊敲枯硯薄彼崔徽撲玉釵曾犯癡否女云犯勉棄珠環收漢玉戲捐粉盒葬花魂師大讚云此六朝以下溫李諸公血竭髯枯矜詫纍日者子于受戒一刻隨口而答然則子固止綺、語罪耳遂予之戒名曰智斷字曰絕際

銷魂定不疑

麗情集詹天游屬意宋駙馬家粉兒口占曰白藕香中見西子玉梅花下遇昭君不曾真個也銷魂宋遂以粉兒與之曰請天游真個銷魂也

麗情集詹天游屬意宋駙馬家粉兒口占曰
繡香中見西子玉梅花下遇昭君不曾真個也
銷魂宋遂以粉兒與之曰請天游真個銷魂也

銷魂宜不疑

柳氏

章臺欣復合

章臺柳傳韓翃與妓柳氏善爲侯希逸從事以世擾不敢自隨闕三歲寄詞曰章臺柳章臺柳昔日青青今在否縱使長條似舊垂也應攀折他人手柳答曰楊柳枝芳菲節可恨年年贈離别一葉隨風忽報秋縱使君來豈堪折後爲番將沙吒利所刦寵之專房虞侯許俊乃造番第伺其出排闥直入挾柳氏馳馬歸翃時沙吒利正得寵翃懼禍希逸乃聞諸朝詔以柳氏還翃

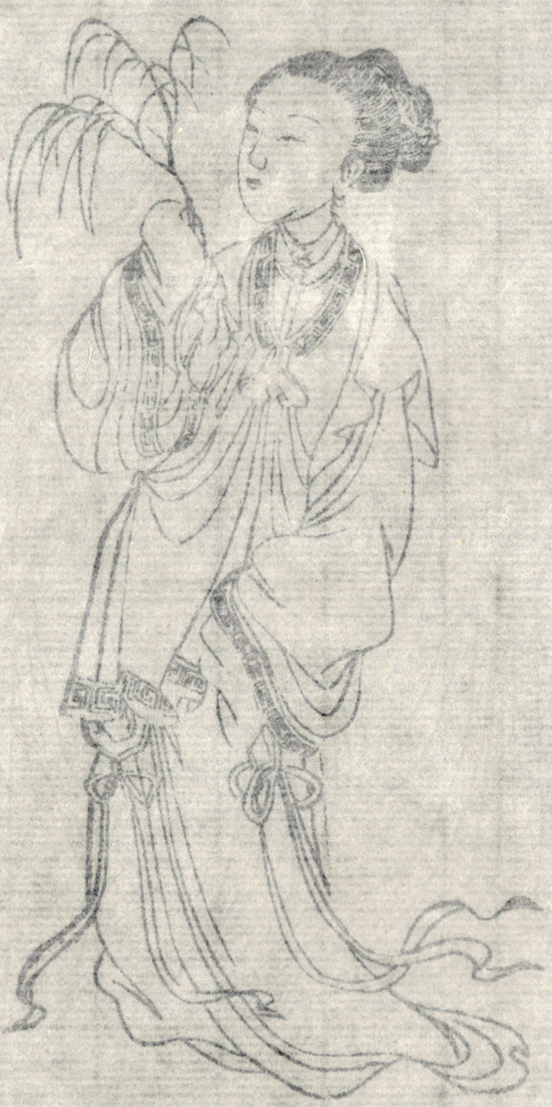

潯陽妓

湓浦恨輕離

白樂天序元和十年余左遷九江郡司馬明年秋送客湓浦口聞舟中夜彈琵琶者問其人本長安倡女嘗學琵琶於穆曹二善才年長色衰委身爲賈人婦遂命酒使快彈數曲曲罷憫然自敘少小時歡樂事今漂淪顦顇轉徙於江湖間余出官二年恬然自安感斯人言是夕覺有遷謫意因爲長歌以贈之凡六百一十六言命白琵琶行

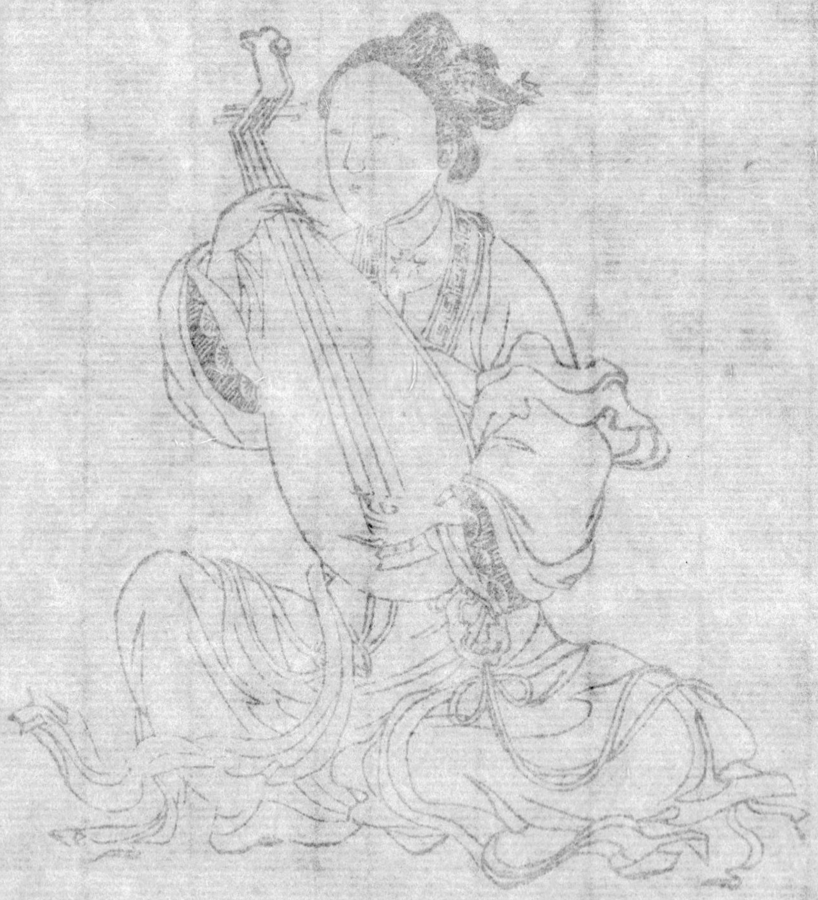

欲問君王覓

詩話韓魏公爲陝西安撫使李師中過之李有詩名席間爲官妓賈愛卿賦詩曰願得貔貅十萬兵犬戎巢穴一時平歸來不用封侯印只問君王覓愛卿

百美新詠

圖傳八十三

詩話韓魏公爲陝西安撫使李師中過之李有詩名席間爲官妓賈愛卿賦詩曰頗得縱橫十萬兵犬戎巢穴一時平歸來不用封侯印只問吾王寬愛卿

汝問吾王寬

賈愛卿

關盼盼

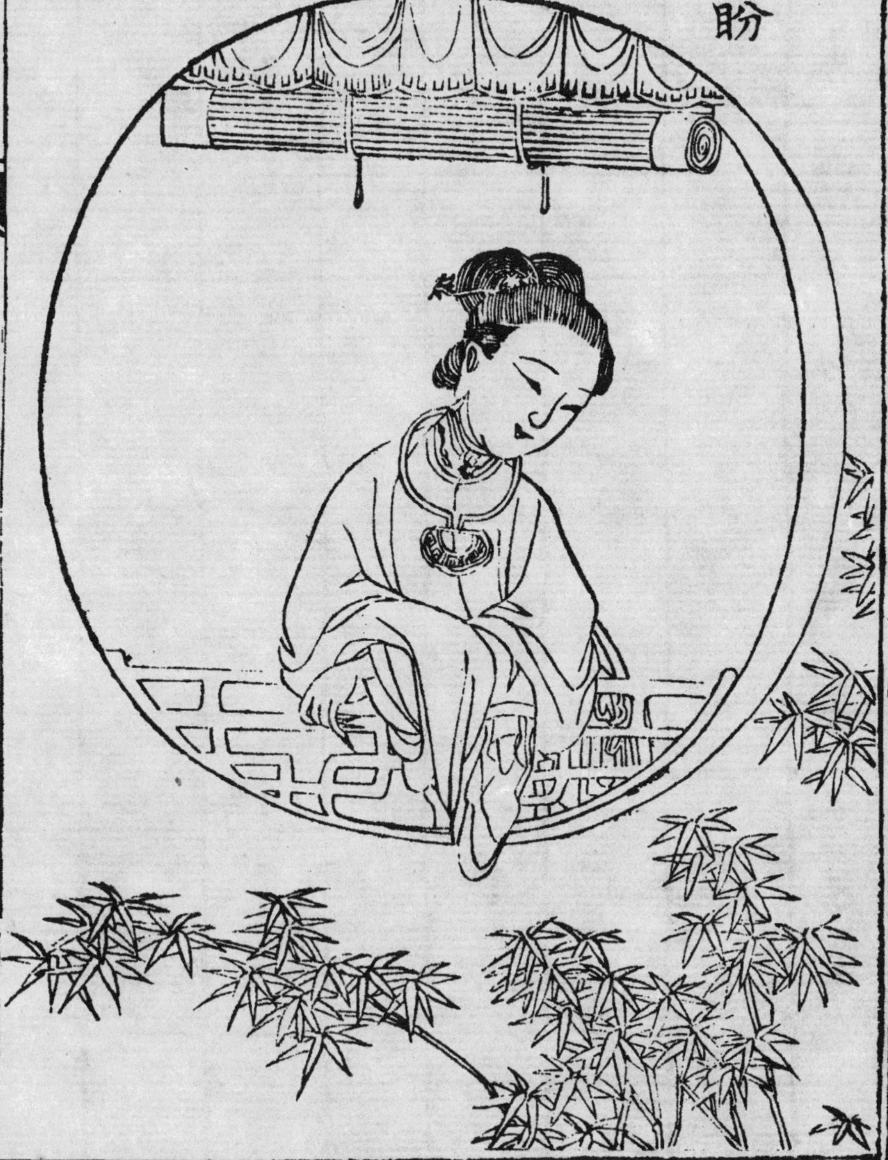

遑辭節度隨

麗情集張建封鎮武寧有愛妓關盼盼善歌舞張沒不嫁居燕子樓十餘年白樂天贈詩云黃金不惜買蛾眉揀得如花三兩枝歌舞教成心力盡一朝身去不相隨盼見詩泣曰妾非不能死恐人謂我公重色有妾從死玷公清範耳答詩云自守空房斂恨眉形同春後牡丹枝舍人不會人深意訝道泉臺不去隨遂不食而死

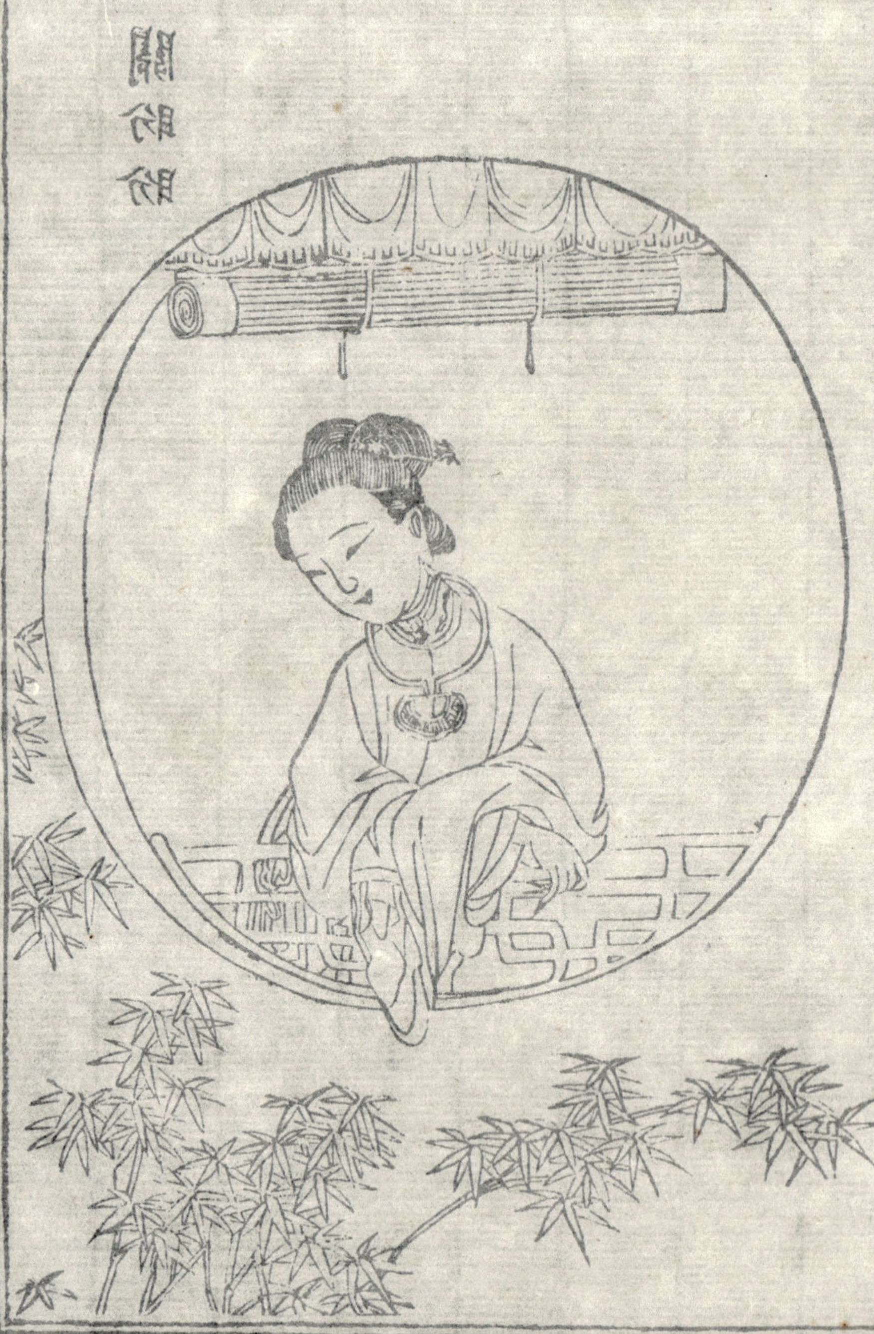

徐月英

鴛鴦飛忍背

北夢瑣言江淮名妓徐月英送人詩曰惆悵人間萬事違兩人同去一人歸生憎平望橋頭水忍照鴛鴦兩背飛采蘭雜志徐月英臥履皆以薄玉花爲飾內散以龍腦諸香屑謂之玉香獨見鞵

北夢瑣言江淮名妓徐月英送人詩曰惆悵人間萬事違兩人同去一人歸生憎平望亭頭水忍照鴛鴦相背飛采蘭雜志徐月英臥病以蓮生於[illegible][illegible]古[illegible]以語[illegible]諸者居處謂之生香館

見漢

[illegible]

徐月英

圖傳八十六

鸚鵡喚還癡

侯鯖録蔡確貶新州侍兒琵琶隨行有鸚鵡甚慧確欲呼琵琶輒扣一響板鸚鵡即傳呼不已及琵琶卒偶觸響板鸚鵡猶傳呼琵琶乃感傷成疾賦詩曰鸚鵡言猶在琵琶事已非傷心瘴江水同渡不同歸

侯鯖錄蔡確貶新州侍兒琵琶隨行有鸚鵡甚慧確欲呼琵琶輒扣一響板鸚鵡即傳呼不已及琵琶卒偶觸響板鸚鵡猶傳呼琵琶乃感傷成疾賦詩曰鸚鵡言猶在琵琶事已非堪傷漢江水同去不同歸

秦若蘭

聞見錄陶穀使江南韓熙載命妓秦若蘭詐爲郵卒女擁篲掃地陶因與之狎贈詞名風光好曰好因緣惡因緣祇得郵亭一夜眠別神仙琵琶撥盡相思調知音少待得鸞膠續斷絃是何年

聞見錄陶穀使江南韓熙載命妓秦若蘭詐爲驛卒女擁箒掃地陶因與之狎贈詞名風光好曰好因緣惡因緣秖得郵亭一夜眠別神仙琵琶撥盡相思調知音少待得鸞膠續斷絃是何年

[illegible]東[illegible]

秦若蘭

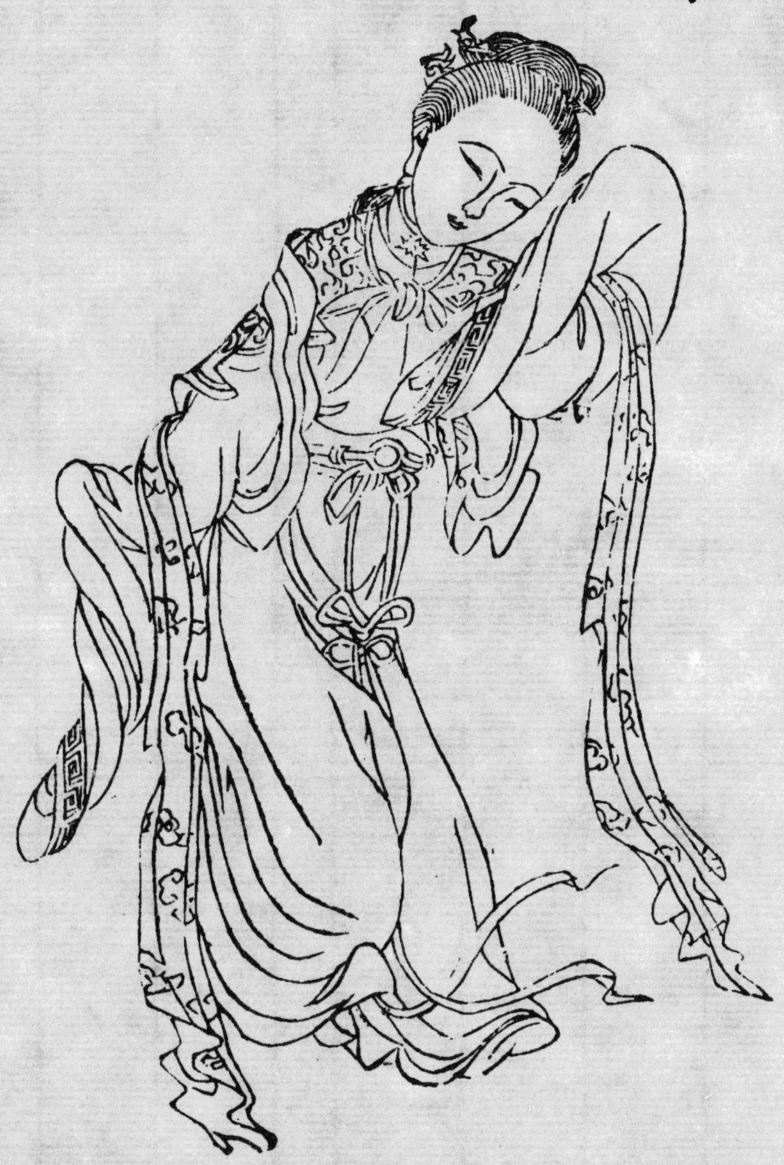

樓中禍忽躍

晉書石崇傳綠珠姓梁博白人也石崇爲交趾採訪使以珍珠三斛致之美而豔善歌舞崇館之金谷園自製明君歌教之又製懊惱曲贈焉孫秀求之不得乃譖崇於趙王倫族之崇宴樓上介士到門崇謂綠珠曰我今爲爾得罪綠珠泣曰當效死於官前因自投樓下

晉書石崇傳綠珠姓梁博白人也石崇為交趾
採訪使以珍珠三斛致之美而豔善吹笛
又金谷園自製明君歌教之又製懊惱曲贈
綠珠孫秀求之不得乃譖崇於趙王倫族之崇宴樓
上介士到門崇謂綠珠曰我今為爾得罪綠珠
泣曰當效死於官前因自投樓下

[illegible]

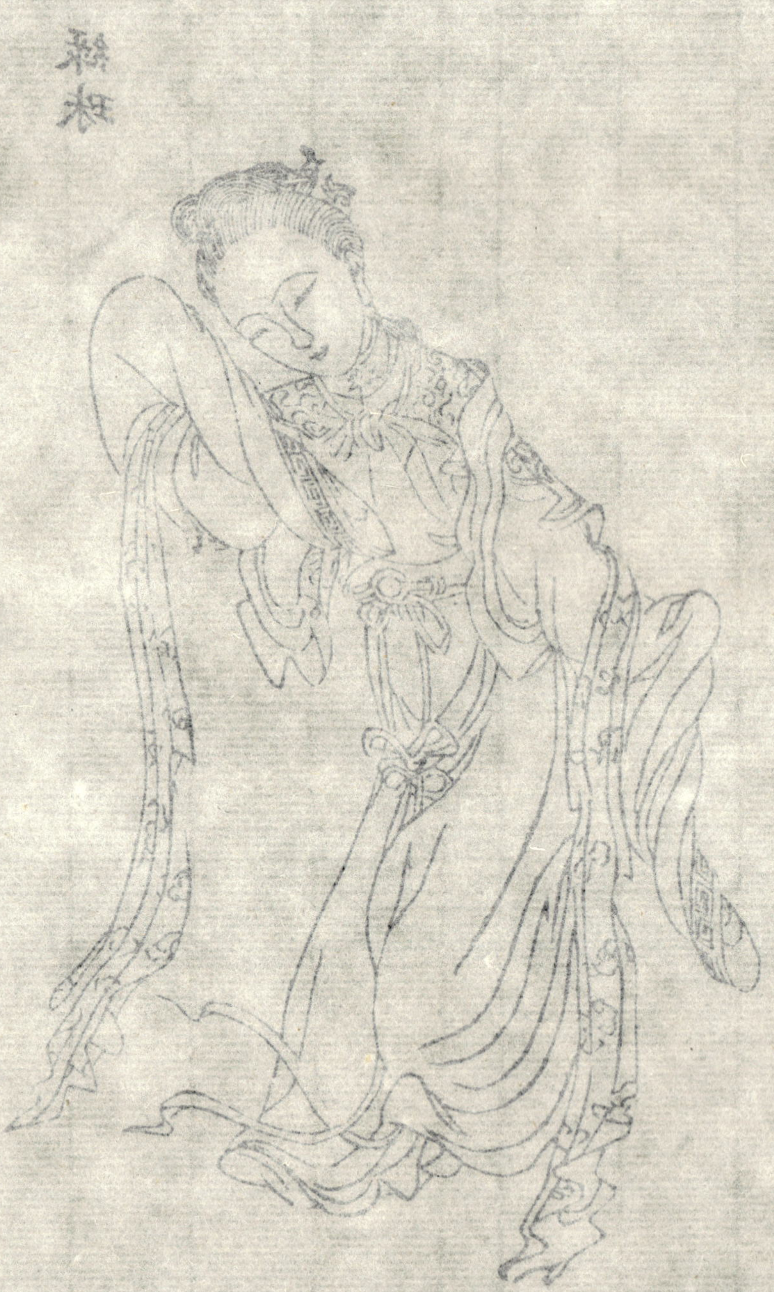

任氏

井桐題落葉

詩話蜀侯繼圖本儒士一日秋風起偶倚大慈寺樓見桐葉飄墜上有詩云拭翠歛雙蛾爲鬱心中事搦管下庭除書就相思字此字不書石此字不書紙書向秋葉上願逐秋風起天下有心人盡解相思死天下負心人不識相思意有心與負心不知落何地侯拾貯篋中後五年卜婚於任嘗諷其句氏曰此妾所題也侯令再書校葉無異

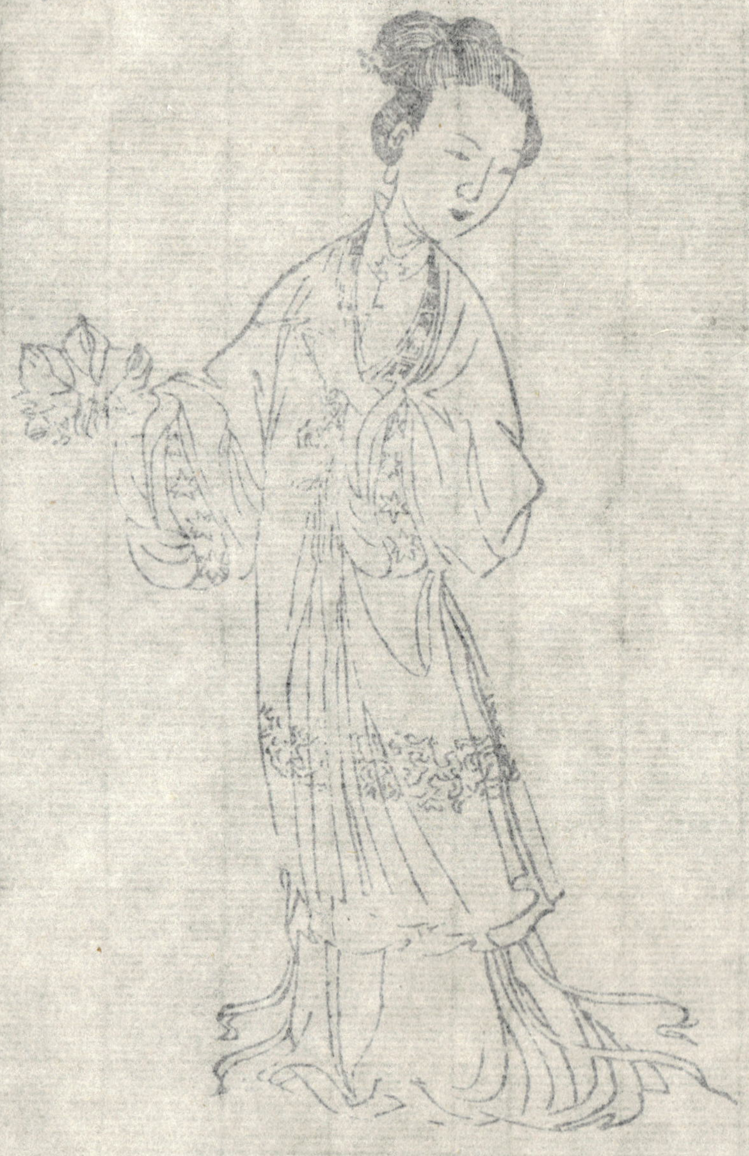

朝雲

春草感天涯

蘇東坡傳東坡在惠州與朝雲閒坐時青女初至落木蕭蕭悽然有悲秋之意命朝雲把大白唱花褪殘紅朝雲歌喉將轉淚滿衣襟公詰其故答曰奴所不能歌是枝上柳綿吹又少天涯何處無芳草也公大笑曰吾方悲秋汝又傷春矣遂罷後朝雲死公終身不復聽此詞

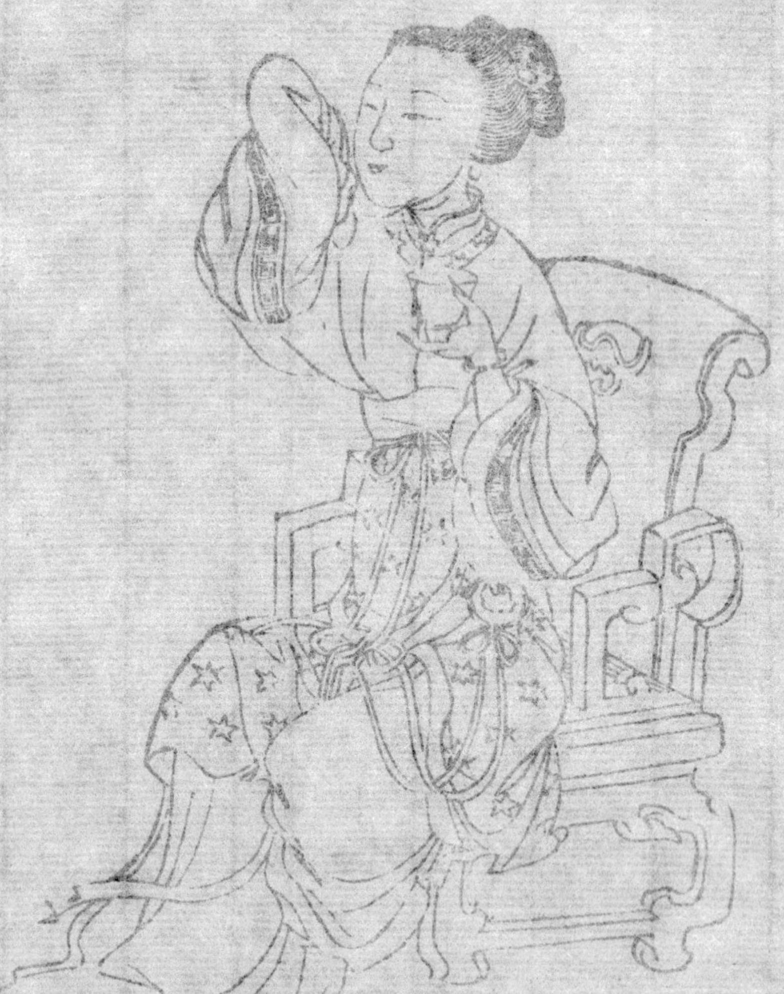

開元宮人

袍寄詔今偶

本事詩開元中頒賜邊軍纊衣製自宮中有軍士於袍中得詩曰沙塲征戍客寒苦若爲眠戰袍經手作知落阿誰邊蓄意多添線含情更着綿今生已過也願結後生緣軍士以詩白於帥帥以上聞元宗命遍示後宮曰有作者勿隱吾不罪汝一宮人自言萬死元宗憫之以嫁得詩者曰我與汝結今生緣

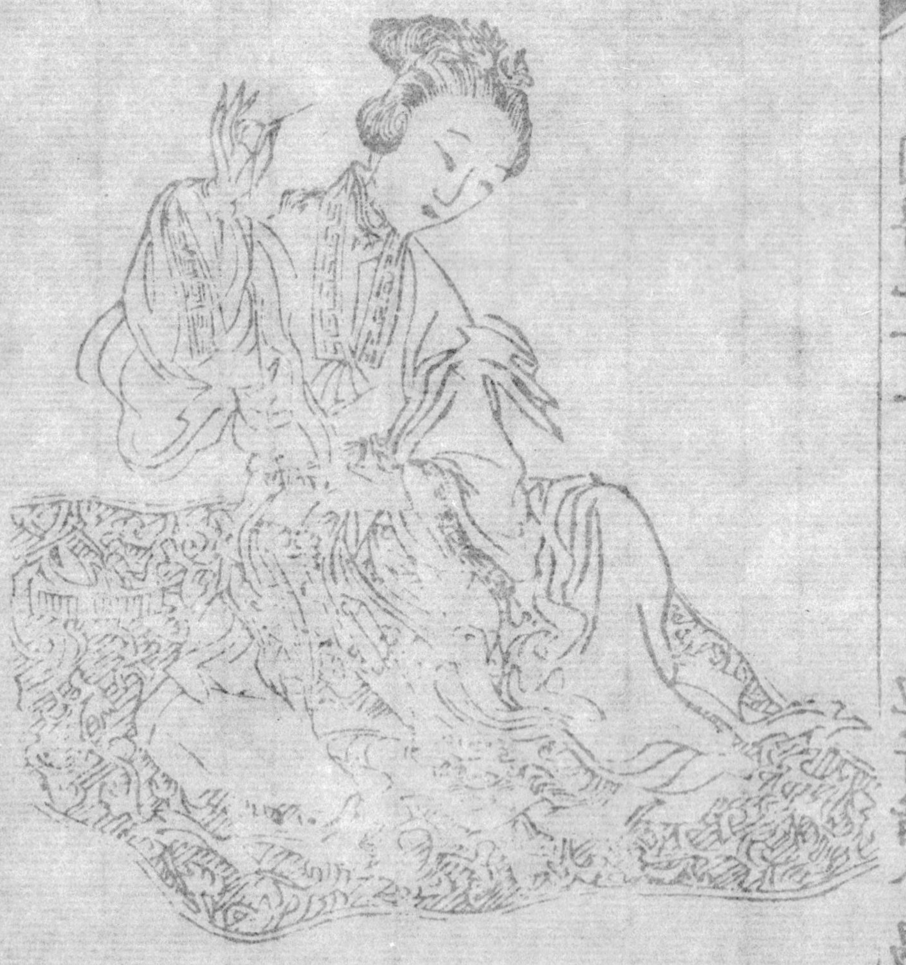

盧媚兒

荷芬證宿尼

潛確類書潁州官妓盧媚兒姿貌端秀口中常作芙蕖香有蜀僧曰此女前身爲尼誦法華經二十年

[illegible]書讀之宿妓盧媚兒姿貌[illegible]口中常作紅蕖香有僧謂曰此女前身為尼誦法華經二十年

百美新詠

圖傳九十二

嵩谷[illegible]